PROCÈS

A LA RIME

PAR

HYACINTHE BÉLIÈRES.

EN VENTE A SAINT-OMER,

CHEZ TUMEREL-BERTRAM, LIBRAIRE, RUE DU COMMANDANT.

IMPRIMERIE DE FLEURY-LEMAIRE, LITTE-RUE.

1858.

PROCÈS

A LA RIME

PAR

HYACINTHE BÉLIÈRES.

EN VENTE A SAINT-OMER,

CHEZ TUMEREL-BERTRAM, LIBRAIRE, RUE DU COMMANDANT.

IMPRIMERIE DE FLEURY-LEMAIRE, LITTE-RUE.

1858.

PROCÈS A LA RIME.

I.

C'est en les couronnant de fleurs que Platon bannissait les poètes de sa République. De même, en traduisant la rime au tribunal de la raison, nous la couronnerons de fleurs, nous l'entourerons de tous les honneurs dus à sa dignité de souveraine. Car c'est en souveraine qu'elle règne dans la poésie française : tous nos plus grands poètes ont accepté son joug sans contestation, nos génies les plus indépendants se sont soumis humblement à son empire ; et pour ne citer qu'un exemple, Victor Hugo, ce grand novateur, qui a conquis la gloire en foulant aux pieds tant de préceptes, n'a pas songé, dans ses plus grandes hardiesses, à s'affranchir des lois de la rime.

Quelle présomption, quelle témérité à un homme qui, loin d'être un poète de génie comme Victor Hugo, n'a pas même le droit de prétendre au titre de poète ! quelle entreprise absurde et ridicule à un tel homme d'intenter un procès à la rime, de lui contester, devant le tribunal de la raison et du goût, ses titres à la couronne qu'elle porte si glorieusement depuis des siècles.

Il n'est pas besoin, pour orner sa tête, d'aller cueillir les plus belles fleurs que produise la nature dans toutes les zones terrestres ; il suffit de lui laisser les fleurs immortelles qui font l'éclat de sa couronne, c'est-à-dire, les nombreux chefs-d'œuvre de nos poètes de génie, chefs-d'œuvre qu'elle peut hardiment opposer à toutes nos attaques.

Pour réussir à ébranler sa puissance, il faudrait pouvoir dire à ses partisans : « Ce qui prouve que la belle poésie n'a pas besoin de rimes, c'est que voici un beau poème en vers blancs. Le mouvement est possible puisque je marche. » Cet argument serait sans doute excellent ; mais il demanderait le génie de Milton ou de Lamartine. Et même avec ce génie, même en produisant un chef-d'œuvre comparable au *Paradis perdu*, on ne serait pas sûr d'ébranler la foi des Français à la nécessité de la rime ; et ce chef-d'œuvre pourrait bien être repoussé avec un dédain fanatique par la plupart des amateurs de poésie. Il y a des préjugés si fortement enracinés dans les têtes françaises, que c'est peine presque inutile d'essayer de les combattre ; tel paraît être le préjugé de la rime.

Avant de l'attaquer de front, voyons ce qu'ont dit en sa faveur des écrivains tels que Voltaire, Marmontel, Fénelon et Mme de Stael.

Voltaire affirme, en vers, la nécessité de la rime pour la poésie moderne en général, quand il dit :

La rime est nécessaire à nos jargons *nouveaux*
Enfants demi-polis des Normands et des Goths.

Sans nous arrêter au mot *nouveaux*, que la rime a substitué au mot propre *modernes*, contentons-nous d'observer que

Voltaire émet, en prose, une opinion un peu différente : « Les Italiens et les Anglais, dit-il, peuvent se passer de rimes, parce que leur langue a des inversions et leur poésie mille libertés qui nous manquent. »

Si la rime est une beauté, cette facilité d'inversions, ces libertés plus grandes de la poésie anglaise et italienne, en diminuant les difficultés de la rime, ne font que rendre plus inexcusables les poètes anglais et italiens qui se privent de ce genre de beauté. Je comprendrais que Voltaire nous parlât de l'harmonie naturelle de la langue italienne, comme pouvant dispenser les poètes italiens de recourir à l'harmonie factice de la rime. Mais pourrait-on en dire autant de la langue anglaise, qui semble à beaucoup d'étrangers une des plus rudes et des moins harmonieuses que l'homme ait jamais parlées ? Cependant Shakspeare et Milton ont dédaigné la rime, comme une puérilité indigne de leur grand génie, et loin de leur en faire un crime, toute la nation anglaise a applaudi leurs chefs-d'œuvre. C'est là sans doute la principale raison qui a porté Voltaire à reconnaître aux poètes anglais un droit qu'il refuse à ceux de son pays.

Pour justifier cette nécessité exceptionnelle de la rime par rapport à la poésie française, il ajoute : « Le génie de notre langue, c'est la clarté et l'élégance ; nous ne permettons nulle licence à notre poésie, qui doit marcher, comme notre prose, dans l'ordre précis de nos idées. Nous avons donc un besoin essentiel du retour des mêmes sons pour que notre poésie ne soit pas confondue avec la prose. »

D'abord il n'est pas exact de dire que notre poésie n'a pas d'inversions qui lui soient propres ; on en trouve, pour ainsi dire, à chaque vers. Elle a de plus des mots, des épithètes, des tournures, des périphrases qui relèvent son langage, et qui n'entrent point dans la prose ordinaire, pas même souvent dans la prose poétique.

Ainsi, pour dire que Jésabel était fardée, Racine a dit :

Même elle avait encor cet éclat emprunté
Dont elle eut soin de peindre et d'orner son visage,
Pour réparer des ans l'irréparable outrage.

Certes, sans faire attention au mot *encor*, ni à l'inversion des *ans*, ni à la rime de *visage* avec *outrage*, la périphrase tout entière forme un langage bien distinctif de la poésie. Jamais Millevoye n'aurait dit en prose :

De la dépouille de nos bois
L'automne avait jonché la terre;
Le bocage était sans mystère,
Le rossignol était sans voix.

. . . .

L'éternel cyprès t'environne.
Plus pâle que la pâle automne,
Tu t'inclines vers le tombeau.

Ni Lafontaine :

La main des Parques *blêmes*
De vos jours et des miens se joue également.

. . . .

Je puis enfin compter l'aurore
Plus d'une fois sur vos tombeaux.

D'ailleurs, ce qui distingue toujours les vers de la prose, c'est la mesure. Par la cadence de la mesure, notre poésie se prête au chant musical comme la poésie grecque ou latine. Par la cadence de la mesure, elle se distingue autant de la prose que la danse de la marche ordinaire. Elle s'en distingue en outre par une recherche beaucoup plus constante, beaucoup plus scrupuleuse de l'harmonie, qui résulte du choix des mots et de leur agencement.

Il n'est donc pas vrai, quoi qu'en dise Voltaire, que nous ayons un besoin absolu de la rime, pour que notre poésie ne soit pas confondue avec la prose.

L'illustre écrivain nous donne un nouvel argument, que Lamennais eût pu trouver convaincant, mais qui eût fait une bien médiocre impression sur l'esprit de Descartes :

« Tous les peuples de la terre, dit-il, excepté les anciens Romains et les Grecs, ont rimé et riment encore. Le retour des mêmes sons est si naturel à l'homme, qu'on a trouvé la rime établie chez les sauvages, comme elle l'est à Rome, à Paris, à Londres et à Madrid. »

Le fait est qu'il serait difficile de trouver ailleurs qu'en France un peuple assez esclave de la routine et de la mode pour ne pas concevoir des vers sans rimes. En Angleterre, en Espagne, en Italie, en Allemagne, un poète peut s'affranchir de la rime sans être taxé d'impuissance. Un des plus beaux monuments du génie poétique, le *Paradis perdu*, a été composé en vers blancs ; et cette sublime épopée qu'eût rejetée la France, l'Angleterre l'a accueillie comme une gloire nationale. Cet exemple a bien plus de valeur à mes yeux que celui des sauvages de l'ancien et du nouveau monde.

« Les vers blancs, dit encore Voltaire, ne coûtent que la peine de les dicter. Cela n'est pas plus difficile à faire qu'une lettre. Si on s'avise de faire des tragédies en vers blancs et de les jouer sur notre théâtre, la tragédie est perdue. Dès que vous ôtez la difficulté, vous ôtez le mérite. »

C'est un argument tout personnel que nous fait là Voltaire, sans quoi il ne parlerait pas de *dicter ses vers blancs ;* car il doit bien savoir que tous les poètes ne sont pas assez grands seigneurs pour se donner le luxe d'un secrétaire qui écrive sous leur dictée. C'est donc comme s'il disait : Les vers blancs ne me coûtent rien, donc, ils ne valent rien. Mais sa prose ne lui coûtait guère que la peine de la dicter, et cependant on la trouve admirable. Ce n'est donc pas par la peine que nous coûte une œuvre d'esprit qu'on peut en mesurer la valeur. Cette peine dépend de la facilité des individus et d'une foule de circonstances, dont on ne va pas s'enquérir pour juger de la perfection d'un ouvrage.

Du reste, en lisant les vers blancs de Voltaire, on y découvre, en général, une grande négligence; on dirait qu'il ne s'est exercé dans ce genre, une fois dans sa vie, que pour le déprécier. Quant à la tragédie, si de nos jours elle est morte, c'est sans doute de maladie ou de vieillesse; car les vers blancs sont tout-à-fait innocents de sa mort.

« La rime, a dit Marmontel dans l'*Encyclopédie méthodique,* peut causer trois sortes de plaisirs.

» L'un est relatif à l'organe, c'est le sentiment de la consonnance; et ce plaisir, je l'avoue, est factice : il ressemble à l'usage de certaines odeurs, qui ne plaisent pas, qui déplaisent même à ceux qui n'y sont pas accoutumés, et qui deviennent une jouissance et un besoin par l'habitude. »

Voilà, de la part d'un apologiste de la rime, un aveu bon à recueillir : c'est l'habitude qui, pour l'oreille, fait tout l'agrément de la rime; le sentiment de la consonnance ne donne qu'un plaisir factice, et produirait un effet tout contraire sur l'oreille qui n'y serait pas accoutumée. En d'autres termes, la rime n'est qu'un préjugé de l'habitude. Pourquoi donc ne serait-il pas permis de s'en affranchir? Pourquoi nous dire : point de rimes, point de vers français; qui ne veut pas rimer doit écrire en prose?

Marmontel continue :

« La rime n'intéresse pas seulement l'oreille, elle soulage, elle aide la mémoire.... Par ce rapport de consonnances, un mot en rappelle un autre, et tel vers nous aurait échappé qui, par cette extrémité que l'on tient encore, sera retiré de l'oubli. »

Cet avantage, supposé réel, ne plaide en faveur de la rime que pour les poésies destinées à être apprises par cœur, telles que chansons, romances, maximes ou proverbes. Dans les poèmes de longue haleine, qu'on se contente de lire et de relire, ce faible avantage mnémonique ne saurait contrebalancer les graves inconvénients qu'un homme de goût et de génie, Fénelon, a reconnus à la rime. Quant aux poèmes dramatiques, je ne pense pas que, pour soulager tant soit peu la mémoire des acteurs, il convînt d'imposer aux poètes l'obligation d'un ornement factice et puéril, qu'on a soin de dissimuler sur le théâtre.

« La rime, dit Marmontel, est enfin un plaisir pour l'esprit, par la surprise qu'elle cause; et lorsque la difficulté, heureusement vaincue, n'a fait que donner plus de saillie et de vivacité, plus de grâce ou d'énergie à l'expression et à la pensée, soit par la singularité ingénieuse du mot que la rime a fait naître, soit par le tour adroit, et pourtant naturel, qu'elle a fait prendre à l'expression, soit par l'image nouvelle et juste qu'elle a présentée à l'esprit; la surprise qui naît de ces hasards réservés au talent, où la recherche est déguisée sous l'apparence de la rencontre, cette surprise mêlée de joie est un plaisir à chaque instant nouveau, pour qui connaît l'indocilité de la langue et les difficultés de l'art.

»..... L'esclave qui traîne sa chaîne ne nous cause aucune surprise. Mais, s'il joue avec ses liens, il nous étonne, et encore plus si, par la grâce et la dextérité avec laquelle il en déguise et la gêne et le poids, il s'en fait comme un ornement. »

Je conviens que la rime, arrivant toujours à point, sans que le sens, le naturel et la vraie poésie en souffrent, c'est une grande difficulté vaincue; si grande que Fénelon n'hésite pas à dire, en parlant des Grecs et des Latins: « Leur versification était, sans contredit, moins gênante que la nôtre. La rime est plus difficile elle seule que toutes leurs règles ensemble. » Je conçois que cette difficulté puissamment vaincue excite l'admiration d'un connaisseur.

Mais il me semble en même temps qu'on ne lit guère un poème pour le plaisir d'admirer le talent de l'auteur, et qu'on jouit des beautés de son œuvre sans trop se demander ce qu'elle a coûté de peine et de travail, ce qu'elle suppose d'habileté, de puissance et de qualités supérieures. Qui est-ce qui, en lisant le discours de Priam au meurtrier de son fils Hector, s'arrête à admirer le talent d'Homère et la difficulté des vers grecs? Qui est-ce qui pense à Voltaire et à la difficulté de la rime, en lisant dans Zaïre la plainte si noble et si pathétique du vieux Lusignan :

Grand Dieu ! j'ai combattu soixante ans pour ta gloire;

. . . .

Si l'on cherchait dans la poésie la difficulté vaincue, la perfection de cet art divin consisterait à faire des acrostiches, dont tous les vers doivent commencer par certaines lettres, qui forment, par leur succession, des mots ou des phrases données. Et cependant je ne connais pas de grand poète qui se soit amusé à faire des acrostiches, ni de grand homme qui ait perdu son temps à dénouer un nœud gordien ou à lancer des pois à travers un petit anneau.

Quel est celui qui sent réellement la difficulté des beaux vers? ce n'est guère que celui qui les compose; les autres n'en sentent, en général, que les beautés ou les défauts. Par conséquent, s'il n'y a que la différence de la difficulté entre les vers rimés et les vers blancs, on doit abandonner la rime comme une tyrannie superflue.

Supposé d'ailleurs que les hasards de la rime excitent réellement cette surprise mêlée de joie dont parle Marmontel, un tel sentiment ne doit-il pas nuire aux autres émotions dont la belle poésie est la source? Ne doit-il pas énerver l'intérêt intrinsèque du sujet et distraire l'attention des beautés essentielles du poème? Ne doit-il pas lui-même s'émousser, s'affaiblir et s'éteindre, par la continuité et l'uniformité de la cause qui le fait naître? La surprise ne résultant que de la rareté d'un objet, comment admettre que, dans un poème de longue haleine, on puisse éprouver quelque surprise à trouver dans un 10e, 11e ou 12e chant ce qu'on a trouvé dans le 1er, dans le 2e, dans le 3e, et dans tous les autres, c'est-à-dire la rime, et toujours la rime?

Dira-t-on que le plaisir dont il s'agit n'est produit que par certaines rimes, plus heureuses, plus ingénieuses, plus remarquables que les autres ? Dans ce cas, ces rimes exceptionnelles sont les seules utiles, les seules justifiées, les seules dont le principe de variété n'exige pas la suppression.

Du reste, Marmontel avoue de bonne grâce que, à mesure, qu'un poème a, par son caractère, plus de beautés supérieures, plus de grandeur et d'intérêt, le faible mérite de la rime y devient plus frivole et moins digne d'attention. « Dès que la passion, poursuit-il, s'empare de la scène, soit dramatique, soit épique, l'harmonie elle-même est à peine sensible ;.... la rime frappe en vain l'oreille, l'esprit n'en est plus occupé. »

Si, dans la grande poésie, la rime n'a plus qu'un mérite frivole, à quoi bon y astreindre le poète? Si, lorsque l'intérêt du sujet devient entraînant, la rime frappe en vain l'oreille, à quoi bon conserver ses inutiles entraves ? Notez que Marmontel ne confond pas l'harmonie avec la rime ; et ce mot *elle-même* nous fait bien voir que celle-là n'a rien de frivole à ses yeux, lors même qu'elle devient moins sensible.

Voici maintenant l'opinion de Mme de Stael :

« La rime tient à tout l'ensemble de nos beaux arts, et ce serait s'interdire de grands effets que d'y renoncer ; elle est l'image de l'espérance et du souvenir. Un son nous fait désirer celui qui doit lui répondre, et quand le second retentit, il nous rappelle celui qui vient de nous échapper. »

Il faut avouer que, si la rime n'a d'autre mérite que d'être l'image de l'espérance et du souvenir, il est bien permis d'en contester la nécessité. Qui est-ce qui va chercher dans la poésie l'espérance et le souvenir? Qui jamais a fait consister la beauté d'un poème dans l'image de l'espérance et du souvenir ? Mme de Stael émet là une idée assez subtile, mais au fond peu sérieuse.

Et puis comment la rime tient-elle à tout l'ensemble de

nos beaux arts? Quel rapport y a-t-il, par exemple, entre la rime et la peinture, entre la rime et la sculpture? Je vois bien que l'architecture vise, en général, à la symétrie, qui est une sorte de rime faite pour les yeux. Mais, si les anciens, tout en rimant en architecture, n'ont jamais rimé en poésie, pourquoi les modernes, qui s'affranchissent quelquefois de la rime en architecture et dans les plans de leurs parcs et de leurs jardins d'agrément, ne pourraient-ils jamais s'en affranchir en poésie? Certes, sans déprécier le magnifique parc de Versailles, où règne une grande symétrie, on peut trouver très-beau le bois de Boulogne, où, depuis sa métamorphose, la symétrie a disparu; de même, tout en admirant les bons poètes anglais qui ont rimé, tels que Pope et Addisson, il est bien permis de reconnaître quelque mérite à Milton et à Shakspeare, qui ont dédaigné la rime. Et pour nous borner à la poésie française, sans doute Corneille, Racine, Lafontaine, Boileau, Molière, Voltaire, Béranger, Lamartine, Victor Hugo, qui ont fait tant d'honneur à la rime, resteront toujours de grands poètes; ce qui ne prouve nullement qu'il ne puisse pas surgir un grand poète qui, par la puissance de son génie, s'élève au-dessus de la routine et force le public français à admirer des poèmes en vers blancs.

Madame de Stael semble croire cette innovation possible, et même l'appeler de ses vœux, lorsqu'elle dit : « Cette régularité doit nécessairement nuire au naturel dans l'art dramatique, et à la hardiesse dans le poème épique. On ne saurait *guère* se passer de la rime dans les idiomes dont la prosodie est peu marquée; et cependant la gêne de la construction peut être telle, dans certaines langues, qu'un poète audacieux et penseur aurait besoin de faire goûter l'harmonie des vers sans l'asservissement de la rime. »

Fénelon, qui certes n'était pas un esprit sec, insensible aux charmes de la vraie poésie, reconnaît plus explicitement que Mme de Staël les graves inconvénients de la rime.

« Nos poètes les plus estimables, dit-il, sont pleins d'épithètes forcées pour attraper la rime. En retranchant certains vers, on ne retrancherait aucune beauté.

» Notre versification perd plus, si je ne me trompe, qu'elle ne gagne par les rimes : elle perd beaucoup de variété, de facilité et d'harmonie. Souvent la rime, qu'un poète va chercher bien loin, le réduit à allonger et à faire languir son discours ; il lui faut deux ou trois vers postiches pour en amener un dont il a besoin..... La rime ne nous donne que l'uniformité des finales, qui est souvent ennuyeuse, et qu'on évite dans la prose, tant elle est loin de flatter l'oreille. Cette répétition des syllabes finales lasse même dans les grands vers héroïques, où deux masculins sont toujours suivis de deux féminins. »

Quelle est la conclusion naturelle, la seule légitime, la seule raisonnable, qu'on puisse tirer de ce passage? C'est que nos poètes feraient bien de renoncer à la rime, source d'épithètes forcées, de longueurs et de vers postiches ; à la rime, qui leur fait perdre beaucoup de variété, de facilité et d'harmonie, et ne leur donne que l'uniformité des syllabes finales, souvent ennuyeuse et fatigante, surtout dans les grands vers héroïques. On a bien lieu de s'étonner qu'un esprit droit comme Fénelon conclue en ces termes :

« Je n'ai garde néanmoins de vouloir abolir les rimes ; sans elles notre versification tomberait..... Mais je croirais qu'il serait à propos de mettre nos poètes un peu plus au large sur les rimes, pour leur donner le moyen d'être plus exacts sur le sens et sur l'harmonie. En relâchant un peu sur les rimes, on rendrait la raison plus parfaite ; on viserait avec plus de facilité au beau, au grand, au simple ; on épargnerait aux plus grands poètes des tours forcés, des épithètes cousues, des pensées qui ne se présentent pas d'abord assez clairement à l'esprit. »

Personne ne comprendra comment notre versification tomberait en se débarrassant d'une entrave qui lui fait perdre tant de qualités essentielles, et ne lui donne, en compensation, que l'uniformité des syllabes finales, dont l'effet est de fatiguer l'oreille, bien loin de la flatter. Il est vrai que Fénelon voudrait qu'on se relâchât un peu sur les rimes et qu'on donnât à cet égard un peu plus de latitude aux poètes. Mais jusqu'à quel point pourrait-on se relâcher ? Fénelon ne l'indique pas. Serait-ce uniquement sur la richesse de la rime ? Une telle concession n'en serait pas une ; car les poètes prennent à cet égard toutes les licences qui leur conviennent sans en demander la permission. Pour être logique et ne pas tomber dans l'arbitraire, ou maintenez la rime comme règle absolue, ou dites aux poètes : Donnez-nous de la belle poésie ; satisfaites notre oreille, notre esprit et notre cœur. Voilà la seule règle absolue que nous vous imposons. Pourvu que vous remplissiez cette condition essentielle, rimez ou ne rimez pas, peu nous importe. En un mot, la rime est permise, mais nullement obligatoire.

A l'appui de cette décision libérale, il me semble opportun de citer la courte préface du *Paradis perdu* :

«.... La rime n'est ni une adjonction nécessaire, ni le véritable ornement d'un poème ou de bons vers, spécialement dans un long ouvrage. Elle est l'invention d'un âge barbare.... A la vérité, elle a été embellie par l'usage qu'en ont fait depuis quelques fameux poètes modernes, cédant à la coutume ; mais la gêne et la contrainte de la rime leur a fait exprimer bien des choses autrement qu'ils ne l'auraient fait. Ce n'est donc pas sans motif que plusieurs poètes du premier rang, espagnols ou italiens, ont rejeté la rime aussi bien dans les petites poésies que dans les poèmes de longue haleine. Ainsi a-t-elle été bannie depuis longtemps de nos meilleures tragédies anglaises, comme chose d'elle-même triviale, et sans véritable harmonie pour toute oreille juste. Cette harmonie naît du nombre et de la quantité convenables des syllabes, et du sens passant avec variété d'un vers à un autre vers; elle ne résulte pas du tintement de terminaisons semblables, faute qu'évitaient les doctes anciens tant dans la poésie que dans l'éloquence oratoire.... »

II.

Jusqu'ici rien de convaincant, rien de bien sérieux en faveur de la nécessité de la rime; des affirmations plutôt que des preuves.

Pour approfondir davantage la question, nous allons discuter le mérite de la rime, en la considérant successivement comme une répétition de sons, comme une sorte de symétrie, et enfin au point de vue de l'harmonie.

Les répétitions plaisent quelquefois, mais à condition d'être rares et d'avoir un effet marqué : inutiles, elles accusent plus ou moins de négligence; trop fréquentes, elles tendent à la monotonie.

On cite souvent comme admirables ces vers de Virgile :

> Ipse cavâ solans œgrum testudine amorem,
> Te, dulcis conjux, te solo in littore secum,
> Te veniente die, te decedente canebat.

On peut citer encore du même poète cet autre exemple de répétition heureuse :

> Pan etiam Arcadiâ mecum si judice certet,
> Pan etiam Arcadiâ dicat se judice victum.

Mais supposez que Virgile affectât de faire, de dix en dix vers, des répétitions semblables, on les trouverait de très-mauvais goût, et ennuyeuses par leur multiplicité. Que dire d'une répétition de sons qui n'a d'autre effet que de frapper l'oreille, et qui, commençant dès les deux premiers vers d'un long poème, continue toujours, de deux en deux vers, jusqu'à la fin? Qui ne trouverait monotone et ridicule un ouvrage en prose où fourmilleraient d'un bout à l'autre des répétitions d'un seul et même genre? Et quand c'est un poème, il est convenu que cette longue uniformité c'est le beau, tandis que partout ailleurs c'est le laid.

N'y aurait-il aucune analogie entre les répétitions de sons et celles d'un autre genre quelconque? Serait-il donné par exception à celles-là de se produire sans but et de se multiplier indéfiniment sans blesser le bon goût et sans cesser de plaire à l'oreille? Serions-nous donc assez enfants pour nous amuser des heures entières à écouter l'écho; pour que la rime, cette imitation artificielle de l'écho, nous captive toujours et ne nous lasse jamais? Pour résoudre cette question, je consulte ma propre expérience.

Je lis avec plaisir et sans fatigue une belle poésie rimée de peu d'étendue; surtout si les rimes sont croisées, ce qui les rend moins sensibles, et si la mesure varie, soit régulièrement, de manière à former une série de strophes semblables, soit irrégulièrement, suivant les effets d'harmonie qu'on veut produire. Je lis de même avec plaisir une belle tragédie où le dialogue et l'action dissimulent la monotonie de la rime et de la mesure. Mais si j'entreprends la lecture d'un long poème rimé, tel que *La chute d'un Ange,* j'ai beau m'extasier à chaque page devant cette richesse incomparable de couleurs, devant ces brillantes vagues de poésie qui se suivent sans interruption, devant cette harmonie divine qui n'a d'égale que chez les poètes de l'antiquité: bientôt j'éprouve une lassitude qui finit par me rendre insensible aux charmes de la plus belle poésie et me force à laisser là le livre qui a d'abord excité mon admiration. Sans doute cette lassitude, que d'autres éprouvent comme moi, ne provient pas uniquement de la monotonie de la rime; à cette cause viennent se joindre l'uniformité de la mesure, celle de l'hémistiche, et la continuité du beau ou le style trop soutenu, sans compter le défaut de clarté, qui n'est pas rare dans Lamartine.

Dans l'épopée ancienne, quoique tous les vers aient la même mesure de temps, les longues et les brèves s'y combinent de tant de manières, le vers est si souvent coupé par le sens, les enjambements y sont si fréquents et si naturels, qu'il est rare d'y sentir la monotonie. On me dit que le dactyle et le spondée de la fin du vers doivent produire autant d'uniformité que la rime dans les poésies modernes. A cela je réponds que l'effet produit sur l'oreille par le dactyle et le spondée varie beaucoup suivant les mots qui concourent à les former et la position de ces mots dans la phrase.

Ainsi la finale *sub tegmine fagi* ne frappe pas l'oreille de la même façon que *meditaris avenâ*, ni comme *imitabitur Alphesibœus*, ou *procumbit humi bos*; ni comme dans ces vers :

> Vix è Conspectu siculœ *telluris*, *in altum*
> Vela dabant lœti et spumas salis *œre ruebant*,
>
> . . . .
>
> Ast ego quœ divûm incedo *regina Jovisque*
> Et soror et conjux, unâ cum *gente tot annos*
> Bella gero !

Toute personne qui a fait ses études latines comprendra la variété d'impressions qui résultent pour l'oreille de ces diverses fins de vers, quoiqu'elles soient toutes de même mesure. On ne peut donc comparer leur effet si varié au tintement monotone de la rime.

Concluons que la rime, considérée comme répétition de sons, est un défaut d'autant plus grave que le poème a plus d'étendue. Pour éviter la monotonie dans un long poème, la rime doit être rare, la mesure variée avec goût, et le style s'élever et descendre à propos : monotonie de la rime, monotonie de la mesure, monotonie du style soutenu doivent être également sacrifiées à la variété. Sans quoi, le poème aura beau être admirable en détail, il sera insupportable dans son ensemble.

Nous allons, en second lieu, considérer la rime comme une symétrie de sons.

La symétrie de sons peut plaire à l'oreille, comme la symétrie de formes plaît aux yeux. Mais ce serait, je crois, une erreur d'assimiler l'une à l'autre : celle d'un palais, d'un parterre, d'une allée d'arbres, d'une fleur, d'un animal, se saisit ordinairement d'un seul coup-d'œil ; tandis que celle des sons n'est sensible qu'au fur et à mesure que les rimes se succèdent. Ainsi, de ce que la symétrie des formes lasse rarement, il ne s'ensuit pas qu'il doive en être de même de celle des sons.

Remarquons d'ailleurs que la première plaît d'autant moins qu'elle est appliquée sur une plus grande échelle. Ainsi, quand le travail de l'homme, non content d'aligner les arbres d'une avenue ou d'un verger, aligne tous les arbres d'un pays, autant que le regard peut s'étendre ; l'œil, d'abord frappé par la singularité du fait et par la majesté de ces nombreuses et longues allées, ne tarde pas à regretter la grâcieuse irrégularité de la nature. Un pays de plaines, dont la surface uniforme est une vaste symétrie continue, offre des aspects bien moins riants, bien moins pittoresques, bien moins poétiques, qu'un pays de montagnes ou de collines. Il me semble que, dans les embellissements du Bois de Boulogne, on a été bien inspiré en substituant à l'ancienne symétrie, des formes plus originales et qui parlent bien plus à l'imagination.

Quand le grand artiste ou le grand poète de la nature travaille en petit, il fait de la symétrie : il en a mis dans la forme des animaux, dans la structure des fleurs et dans celle des feuilles. Mais, quand il traça les plans des continents et des îles, les contours des mers et des océans, il négligea complètement la symétrie. De loin en loin, il lança du sol des éminences de forme conique ou régulière; mais dans les vastes ondulations du sol, dans les massifs de collines, dans les chaînes de montagnes, dans le cours des ruisseaux, des rivières ou des fleuves, il ne mit aucune régularité. Et si de la terre nous nous élevons à l'univers, nous trouvons qu'il a suivi la même règle : à chaque corps céleste, qui est un point dans l'univers, il a donné la forme sphérique, qui constitue la symétrie parfaite; mais dans le vaste ensemble de ces corps, dans leur disposition générale au sein de l'espace immense, on n'aperçoit aucun dessein de symétrie.

Procédant par analogie, nous admettrons la symétrie de la rime dans une petite pièce de vers; mais nous la bannirons du poème de longue haleine, où elle n'entrera, de loin en loin, que par exception. Par là, cette cause de monotonie sera transformée en élément de variété.

Enfin, considérons la rime au point de vue musical ou de l'harmonie.

Marmontel est d'avis que l'harmonie de la rime est tout-à-fait factice et ne flatte l'oreille que par suite de l'habitude. Fénelon va plus loin : il assure que les rimes font perdre beaucoup d'harmonie à notre versification, et qu'on les évite dans la prose parce qu'elles sont loin de flatter l'oreille. En effet, si la rime est harmonieuse, pourquoi nos bons acteurs la font-ils si peu sentir? pourquoi le talent du lecteur consiste-t-il en partie à la dissimuler? Y aurait-il donc du mérite à diminuer le plaisir de l'oreille?

N'est-ce pas pour rendre les rimes moins sensibles qu'on les croise dans beaucoup de poèmes, de sorte que la rime du premier vers ne se trouve que dans le troisième, celle du second dans le quatrième, et ainsi de suite? Alors, pour peu qu'on soit préoccupé du sens ou de l'expression, on ne fait souvent aucune attention à la rime; et, en général, la lecture de ces vers est bien moins fatigante que celle des poèmes où les rimes se suivent deux à deux.

Si la rime est harmonieuse, pourquoi les anciens l'ont-ils évitée autant en poésie qu'en prose? Pourquoi, dans la prose moderne, la considère-t-on comme une faute? L'harmonie n'est-elle pas une grande qualité, même dans la prose? comment la rime, en ajoutant un degré de plus à cette qualité, formerait-elle un défaut? On dira peut-être que nous évitons les rimes dans notre prose pour que celle-ci ne ressemble point aux vers; mais les anciens, qu'est-ce qui les portait à les éviter, si ce n'est le bon goût?

Enfin, si la rime est harmonieuse, pourquoi le musicien ne rend-il pas les rimes de syllabes par des rimes de notes? et c'est pourtant ce qu'il ne fait presque jamais.

En admettant même qu'il y ait dans la rime une sorte d'harmonie, cette harmonie toujours semblable à elle-même, toujours attachée comme un grelot à l'extrémité du vers, ne doit-elle pas à la longue produire la lassitude et l'ennui?

En résumé, soit que l'on considère la rime comme une répétition de sons, ou comme une symétrie faite pour l'oreille, ou comme une sorte d'harmonie, on arrive toujours à la même conclusion : c'est que la rime continue est un défaut grave dans un poème de longue haleine.

III.

Contraire à la variété, nuisible à la précision, inutile à l'harmonie, on doit encore condamner la rime comme ennemie et tyran de la raison.

Boileau a beau nous dire :

> Que toujours le bon sens s'accorde avec la rime:
> L'un l'autre vainement ils semblent se haïr ;
> La rime est une esclave et ne doit qu'obéir.

C'est souvent le contraire qui a lieu ; c'est la raison qui est forcée d'obéir, sous peine d'abandonner la rime. On en trouve la preuve dans Boileau lui-même, qu'on a surnommé le poète du bon sens.

Quand il veut nous citer :

> un auteur sans défaut,
> La raison dit Virgile et la rime Quinault.

Si la raison l'emporte et qu'il mette Virgile, la rime disparaît; et s'il met Quinault, la raison plie sous la rime.

Or ceci n'est pas un cas chimérique. Dans sa satire du repas, il disait :

> Jugez en cet état si je devais me plaire,
> Moi qui ne prise rien, ni le vin ni la chère,
> Si l'on n'est plus à l'aise, assis en un festin,
> Qu'aux sermons de Cassagne.............

Comment terminer le vers? La mémoire pouvait sans doute lui fournir quelque autre prédicateur ennuyeux et peu suivi ; mais il fallait rimer avec *festin*, et aucun nom propre en *tin* ne se présentait. Après s'être long-temps creusé la tête, il fait part de son embarras à un ami, qui lui dit : Eh ! mettez donc l'abbé Cotin. Heureux de trouver enfin sa rime, Boileau s'empresse de terminer ainsi le vers:

> Qu'aux sermons de Cassagne ou de l'abbé Cotin.

Non-seulement la rime fut injuste envers Cotin, dont les sermons étaient assez goûtés du public, mais elle le tua. Cotin mourut de chagrin d'avoir été mordu par Boileau.

Je viens de relire avec attention l'*Art poétique*, généralement cité comme un modèle de bonne versification ; et je n'ai pas tardé à faire une découverte qui m'a paru assez curieuse : c'est que les vers y riment deux à deux, non-seulement par le son, mais par l'espèce de mots qui les terminent. Ainsi le substantif rime avec le substantif, l'adjectif avec l'adjectif, l'adverbe avec l'adverbe, le participe avec le participe, etc. Sur 116 couples de rimes contenues dans le premier chant, je n'ai trouvé que 39 exceptions.

Mais sans examiner si le goût approuve la continuité de cette nouvelle espèce de rimes, je vais me borner à citer dix passages, parmi beaucoup d'autres, où la rime et le bon sens se trouvant en désaccord, il m'a paru que celui-ci avait été sacrifié.

> 1° Voulez-vous du public mériter *les amours?*
> Sans cesse en écrivant variez vos discours.

Si le bon sens n'eût pas été esclave de la rime, il aurait dit sans doute *la faveur* et non pas *les amours du public*.

> 2° Mais sa muse, en français, parlant grec et latin,
> Vit dans l'âge suivant, par un retour *grotesque*,
> Tomber de ses grands mots le faste pédantesque.

Le retour au bon goût ne saurait être *grotesqae ;* c'est, au contraire, un retour fort *naturel* et tout-à-fait digne d'éloges. On pourrait tout au plus le trouver *étrange*, si la littérature n'offrait pas d'autres exemples de réactions.

> 3° Par ce sage écrivain la langue réparée
> N'offrit plus rien de rude à l'oreille *épurée.*

C'est la langue et le goût qui furent *épurés*, plutôt que l'oreille. Car, en disant que *la langue* de Malherbe *n'offrit plus rien de rude à l'oreille*, Boileau donne à entendre que celle de Ronsard choquait souvent par sa rudesse. L'oreille, avant Malherbe, était donc sensible à l'harmonie ; seulement, elle ne fut satisfaite qu'à dater de ce poète réformateur. Mais, dans ces vers, la langue étant *réparée*, il fallait bien que l'oreille fût *épurée*.

4° Ce tour ne me plaît pas. — Tout le monde l'admire.
Ainsi toujours constant à ne point *se dédire*,
Qu'un mot dans son ouvrage ait paru vous blesser,
C'est un titre chez lui pour ne point l'effacer.

. . . .

Aussitôt il vous quitte, et content de sa muse,
S'en va chercher ailleurs quelque fat *qu'il abuse*.

Au lieu de *se dédire*, le bon sens eût mis *reconnaître ses fautes*.

Au lieu d'un *fat qu'il abuse* ou *qu'il trompe*, le bon sens eût mis *un fat qui l'applaudisse*.

5° On dirait que Ronsard, sur ses pipeaux rustiques,
Vient encor fredonner ses idylles gothiques,
Et changer, sans respect de l'oreille et *du son*,
Lycidas en Pierrot et Philis en Toinon.

Le *respect du son* n'a pas plus de sens que *le respect de l'odeur*. *Sans respect de l'oreille et du goût* aurait offert un sens raisonnable; mais il fallait rimer avec *Toinon*.

6° D'un ton un peu plus haut, mais pourtant *sans audace*,
La plaintive élégie, en longs habits de deuil,
Sait, les cheveux épars, gémir sur un cercueil.
Il faut que le cœur seul parle dans l'élégie.
L'ode avec plus d'éclat et *non moins d'énergie*,
Elevant jusqu'au ciel son vol ambitieux,
Entretient dans ses vers commerce avec les dieux.

Que vient faire l'*audace* dans les préceptes de l'élégie? N'est-il pas plus qu'inutile de prescrire à la douleur, à la mélancolie, de n'être pas *audacieuse?* Oui, mais le vers précédent finit par *grâce*, et tout est dit.

Si Boileau refuse à l'élégie l'*audace*, en revanche, il lui donne autant d'*énergie* qu'à l'ode; ce qu'il n'eût jamais fait, si son bon sens si renommé n'eût été esclave de la rime.

7° Tantôt, comme une abeille ardente à son ouvrage,
Elle s'en va de fleurs dépouiller le rivage.

En allant cueillir les fleurs du *rivage*, l'ode ne saurait ressembler à l'abeille qui ne cueille point les fleurs, mais se contente d'en pomper les sucs. Si *rivage* réclamait *ouvrage*, il fallait l'amener par un autre tour de force.

8° D'un pinceau délicat l'artifice agréable
Du plus affreux objet fait un objet *aimable*.

L'art du peintre ou du poète ne consiste pas à rendre *aimable* le plus affreux objet, mais au contraire à nous le montrer dans toute sa laideur, suivant ce principe posé par Boileau lui-même : « Rien n'est beau que le vrai. » En poésie comme en peinture, Caïn doit rester sombre et cruel, Thersite horriblement laid, Judas détestable et maudit, la Harpie sale et repoussante. C'est donc une hérésie littéraire que Boileau énonce pour la rime.

9° La colère est superbe et veut des mots altiers ;
L'abattement s'explique en des termes *moins fiers*.

On sait assez qu'une âme *abattue* est *moins fière* qu'une âme exaltée par la colère ; comme le fripon est moins probe que l'honnête homme, l'été moins froid que l'hiver, l'agneau moins féroce que le tigre. Ceci nous rappelle un trait saillant de l'histoire de M. de Lapalisse : c'est que, un quart-d'heure avant sa mort, il était encore en vie. O rime! pourquoi forces-tu le spirituel auteur du *Lutrin* à dire des niaiseries ?

10° Faites choix d'un censeur rigide et *salutaire*,
Que la raison conduise et le savoir éclaire,
Et dont le crayon sûr d'abord aille chercher
L'endroit que l'on sent faible et que l'on veut cacher.
Lui seul éclaircira vos doutes *ridicules* ;
De votre esprit tremblant lèvera les scrupules.

Salutaire, attiré par *éclaire*, ne peut se dire que des choses : *un baume, un avis salutaire*. Jamais on n'a dit : *une personne salutaire*.

Quant à l'épithète de *ridicules*, attirée par *scrupules*, peut-elle s'appliquer aux doutes d'un auteur sur le mérite de telle ou telle partie de son ouvrage? S'il était *ridicule* de douter de ses propres lumières, Boileau ne conseillerait pas de recourir à un censeur rigide et éclairé.

Il serait aisé de multiplier indéfiniment ces sortes de citations, surtout si lon voulait éplucher, non-seulement nos gloires poétiques, mais encore les poètes d'un ordre inférieur. Mais nous laissons cet immense travail aux critiques de profession, persuadés que les citations précédentes suffisent pour faire voir combien, dans notre poésie, la raison est esclave de la rime.

IV.

Le débat nous paraissant épuisé, nous nous croyons en droit de poser les conclusions suivantes :

Considérant que la rime, de l'aveu même de ses partisans, est inutile à l'harmonie ; nuisible à la précision, au naturel et à la hardiesse ; contraire à la variété, qui est un principe du beau, dans la poésie comme dans la nature ; ennemie du bon sens, du bon goût ou de la raison, que les meilleurs poètes sont souvent forcés de lui sacrifier ;

Considérant que, dans les poèmes de longue haleine, ces défauts se présentent dans toute leur gravité, avec tous leurs inconvénients, et n'y sont compensés par aucun avantage réel, pas même par celui de la symétrie, qui, trop longtemps prolongée, devient une monotonie fatigante ;

Considérant que le plaisir de la surprise, dont parle Marmontel, ne saurait se soutenir dans ces sortes de poèmes ; et que l'avantage mnémonique de la rime y disparaît, puisque ces poèmes ne sont pas destinés à être appris par cœur ;

Considérant enfin que l'immense majorité des lecteurs n'a pas le sentiment de la difficulté vaincue, laquelle n'entre pour rien dans les beautés réelles d'un ouvrage :

Par ces motifs, nous déclarons la rime déchue de sa dignité usurpée de souveraine. Nous ne la bannissons pas formellement des petites poésies, où elle peut régner sans trop d'inconvénient pour le talent; mais, dans ce domaine restreint, nous laissons les poètes libres d'accepter ou de rejeter son joug. Nous lui interdisons les poèmes de longue haleine, en lui permettant néanmoins d'y faire de loin en loin quelques apparitions ménagées avec goût et contribuant à la variété. C'est ainsi que le calembourg, jeu d'esprit aussi frivole que la rime, est admis dans la conversation, à condition d'être rare, ingénieux et sans recherche ; mais le calembourg à jet continu paraîtrait intolérable.

Passant à la mesure, qui se trouve impliquée dans le procès de la rime, en tant que son uniformité contribue puissamment à produire la monotonie et la lassitude ; nous la maintenons comme principe d'harmonie. Mais nous demandons au poète de la varier, non pas au hasard, mais avec goût, suivant les effets qu'il veut produire. De même que son style doit passer à propos « du grave au doux, du plaisant au sévère » ; de même la majesté du vers de douze syllabes doit souvent faire place à la simplicité du vers de huit syllabes, et plus rarement aux autres mesures, qui nous semblent se marier moins harmonieusement à celle du vers alexandrin. Un concert où, d'un bout à l'autre, une seule espèce d'instruments joueraient constamment le même genre de musique, ne finirait-il pas, quelque beau qu'il fût, par produire la lassitude et l'ennui ? Il en serait de même d'un poème de longue haleine, qui est une sorte de concert pour l'oreille, pour l'esprit et pour le cœur, si le musicien ou le poète, qui ne joue que d'un seul instrument, sa propre langue, n'avait soin d'en varier les sons avec intelligence par le choix et l'arrangement des mots, et de varier avec le même goût le genre d'harmonie qui résulte de chaque espèce de mesure.

Quant au style, nous pensons que plus il est beau, moins il doit être soutenu; et loin de trouver mauvais que le génie d'Homère semble de temps en temps sommeiller, nous lui en faisons un mérite de plus. Nous n'aimons guère les auteurs qui veulent que chacune de leurs phrases excite notre admiration, et dont le style ressemble à un feu d'artifice continuel, qui ne laisse à l'œil ébloui aucun intervalle de repos. La nature procède autrement : elle ne prodigue point ses phénomènes les plus admirables, ses spectacles les plus sublimes, ses paysages les plus délicieux ou les plus pittoresques, ses harmonies les plus suaves, ses types les plus parfaits de grâce et de beauté dans l'espèce humaine. Elle semble ménager partout et toujours, avec le plus grand soin, la fibre délicate de l'admiration, comme si ce plaisir céleste ne pouvait exister qu'à condition d'être rare et de peu de durée.

On voit que nos conclusions ne tendent à rien moins qu'à opérer une grande révolution dans la poésie française. Notre but principal est de briser la tyrannie de la rime. Or il ne suffit pas pour cela de la juger et de la condamner; il faut que cette condamnation soit confirmée par le tribunal suprême de l'opinion publique, auquel la rime ne manquera pas de faire appel pour sauver son trône et sa couronne. Nous savons que l'opinion publique est tout-à-fait prévenue en faveur de l'accusée; et la principale cause de cette prévention, c'est une longue habitude, qui est presque devenue une seconde nature pour les oreilles françaises.

Il s'agit donc d'abord d'accoutumer l'oreille à se passer de la rime. Elle est déjà habituée aux rimes croisées, c'est-à-dire, à ne trouver qu'à la fin du troisième ou du quatrième vers la rime du premier ; ce qui équivaut souvent à la suppression de la rime, attendu qu'on n'y fait plus attention. Qui est-ce qui ne trouvera beaux ces trois vers de Lafontaine :

Le moindre vent, qui d'aventure
Fait rider la face de l'eau ,
Vous oblige à courber la tête.

Et pourtant où est la rime ? il n'y en a pas de trace. Si trois vers de suite peuvent être beaux sans rime, pourquoi pas quatre ? pourquoi pas cinq ? Pourquoi l'oreille qui a trouvé beaux les trois vers précédents, malgré l'absence de la rime, serait-elle choquée de cette absence dans les six vers suivants :

Le moindre vent, qui d'aventure
Fait rider la face de l'eau,
Vous oblige à courber la tête.
Cependant que mon front, au Caucase pareil,
Brave les vents et les orages.
Tout vous est aquilon, tout me semble zéphir.

Les quatre premiers étant identiquement les mêmes et disposés dans le même ordre que ceux de Lafontaine, on n'osera pas trop les critiquer ; mais haro sur le cinquième ! celui-là du moins devait nous amener la rime. — Pourquoi le cinquième plutôt que le quatrième ? — Parce que. — Parce que n'est pas une raison. — Je n'en ai pas d'autre. — Eh bien ! convenez que l'oreille serait passablement stupide, si elle exigeait la rime au cinquième vers sur la foi d'un parce que.

Ce qui fait surtout que, dans notre exemple, l'oreille est peu frappée de l'absence de la rime, c'est que les finales féminines y alternent régulièrement avec les masculines ; de sorte que de prime abord, on peut les prendre pour des rimes croisées. Dans un but de variété et d'harmonie, les bons prosateurs font souvent alterner de même les finales de leurs membres de phrase.

De là nous déduirons, pour les vers blancs, une règle générale, mais nullement absolue, c'est que la finale féminine doit y alterner avec la masculine; et si, dans une même phrase, on est forcé de mettre deux finales masculines ou féminines de suite, on fera bien, en général, de les faire rimer. Le goût seul du poète reste juge des cas où il pourra violer cette double règle sans inconvénient, ou même avec avantage.

Notons seulement que cette violation sera d'autant plus indifférente pour l'oreille, que le repos sera plus marqué à la fin du vers précédent: ainsi, après un alinéa, souvent même après un simple point, peu importe que le vers suivant ait une finale masculine ou féminine.

Les rimes étant formées par des sons, et les sons n'étant pas faits pour les yeux, les Anglais me semblent très-logiques en ne rimant que pour l'oreille, et les Français absurdes en exigeant que l'on rime aussi pour les yeux. Selon nous, *passés* rime, non-seulement avec *cassés*, *tracés*, *assez*, etc., mais encore avec *pensée*, *pousser*, *dressé*, *je passai*; *bois* rime avec *loi*, *joie*, *voix*, *exploit*: tout comme, en Anglais, *steam* rime avec *esteem*, *extreme*, *limb*, etc.

Une autre règle non moins arbitraire que celle de rimer pour les yeux, c'est celle qui fait deux syllabes de certaines diphthongues, telles que *ion*, *ia*, *ieux*, que, en dehors de la poésie, on épelle et on prononce d'une seule émission de voix. Nous croyons que cette division d'une diphthongue en deux syllabes doit être regardée comme une licence et nullement comme une règle: ainsi les mots *ambition*, *religieux*, *société*, seront de trois syllabes ou de quatre, suivant la commodité du poète.

La règle qui proscrit, dans nos vers, les rencontres de voyelles produisant un hiatus, est à nos yeux une simple règle d'harmonie, du genre de celle qui prescrit d'éviter le concours des articulations dures à l'oreille. En dépit de cette dernière règle, le plus harmonieux des poètes latins, Virgile, ne s'est fait aucun scrupule de dire :

> Ergo ægrè rastris terram rimantur;

et l'on a toujours cité cette rude et lourde cacophonie comme un exemple admirable d'harmonie imitative. Je ne pense pas que la règle de l'hiatus soit plus importante, et doive être plus absolue et plus inviolable que celle des articulations dures ; et s'il en résultait un effet remarquable de précision ou d'harmonie imitative, il devrait être permis de la violer. En la donnant comme absolue et obligatoire dans tous les cas, on a fait de l'arbitraire. On en a fait encore en autorisant des hiatus tels que ceux-ci : *la voie injuste, la partie engagée;* tandis qu'on nous défend de dire : *la loi injuste, le parti engagé*. Car il est évident que, pour l'oreille, l'hiatus est le même dans les deux cas. Nous dirons donc, pour être conséquent, que, dans les deux cas, on fera bien de l'éviter, pour donner au vers un degré de plus d'harmonie.

Telles sont nos opinions sur la poésie française. Quoiqu'elles heurtent les idées reçues, nous les croyons basées sur la raison, et nous les présentons avec confiance au jugement de tous les hommes impartiaux, qui ne se laissent point aveugler par le préjugé, ni effrayer par une idée tant soit peu neuve. Quant aux fanatiques de la rime, nos raisons les plus solides iront frapper en vain à la porte de leur cerveau ; ils s'empresseront de la fermer aux verroux, suivant l'expression pittoresque de Béranger.

www.ingramcontent.com/pod-product-compliance
Ingram Content Group UK Ltd.
Pitfield, Milton Keynes, MK11 3LW, UK
UKHW021206230726
13926UKWH00001B/337

9 782014 075229